KB195798

느림보 달리다

느림보 달리다

초판 1쇄 발행 2024년 11월 11일

지은이 김영관

펴낸이 고용석
펴낸곳 다우출판
편　집 고민주
디자인 아르떼203_곽수진
제　작 올북컴퍼니_김봉우

등록 제2016-000069호 2005년 2월 22일
주소 13837 경기도 과천시 별양상가2로 14. 307호
전화 02-701-3443
이메일 onbooker@gmail.com
ISBN 978-89-88964-64-4　03810

느림보 달리다

넘어져도 다시,
느릿느릿 땀이 맺힐 만큼.
김영관의 두 번째 시집

Publishing
다유

모든 것이 무너졌다고 느낄 때,
시가 등불이 되었습니다.

　두 번째 시집을 내며 '시인'이라는 말을 써봅니다. 여전
히 기쁨보다 부끄러움이 더 큽니다.
　첫 시집 『시에는 답이 없어 좋다』를 내고 분에 넘치게
받았던 사랑과 격려도 기억납니다.
　시인. 그 말이 얼마나 좋았던지요? 누군가 시인이라 불
러 줄 때면, 그 말에 부끄럽지 않으려 쓰고 또 쓰고 다듬었
습니다. 그럼에도 새로 모인 원고를 정리하며 다시금 얼굴
이 붉어지는 저를 봅니다.

　저의 어릴 적 꿈은 요리사였습니다. 대학 관련학과에 진
학하고, 휴학 중 일식집 주방 막내로 온갖 궂은일을 도맡
으면서도 그 꿈엔 변함이 없었습니다.
　그러다가 군에 입대했고 휴가 중 교통사고로 중증 뇌병
변장애를 얻었습니다. 가족들의 정성스러운 보살핌으로
점차 회복됐지만 몸과 마음은 예전 같지 않았습니다. 도무
지 이런 저를 받아들일 수 없어 절망과 좌절로 길을 잃고
헤맬 때 '보리수아래'와 인연이 닿았습니다. 불교와 문화
예술에 관심이 많은 장애인들의 모임이었습니다. 모임 대
표인 최명숙 시인의 "주방의 요리사 대신 영관 씨만의 언

5

어를 요리하는 시인이 되어 보아요. 마음속에 있는 것을 그대로 솔직하게 내놓는 것이 제일 좋은 글이에요"라는 권유에 귀가 솔깃했습니다. 덧붙여 누구나 가능하다는 말씀에 용기를 내게 되었습니다.

사실 그때 제 좌절의 반대편엔 살고 싶은 강렬한 욕구가 숨어있었는지도 모릅니다. 흔쾌히 제게 자리를 내어준 보리수나무, 넉넉하고 시원한 그늘 아래에서 서툰 목수처럼 삐뚤빼뚤 낱말을 적으며 습작을 시작했습니다. 사고 후 오랜만에 '생각'이란 것도 진지하게 해보게 되었습니다. 사실 장애를 얻고 나서 기억과 생각을 모으는 게 그리 쉬운 일은 아니었습니다. 남들은 쉽게 쓰는 시 한 편일 수 있지만, 저에겐 의지와 상관없이 단어들이 사라지고 흐트러지기도 해 온 힘을 다해 단어를 찾고 문장을 만듭니다. 표현하려면 생각을 모아야 하니, 조금씩 제 생각도 여물고 말의 아름다움도 깨닫게 되었습니다.

'글쓰기 치유의 힘'이랄까요? 멋진 시보다는 공들인 시를 쓰는 시인이 되겠다는 꿈이 시작되었습니다. 제가 다시 세상 밖으로 문을 여는 시간이자 '인생의 가치는 무너지지 않는 것이 아니라 무너졌을 때 다시 일어나는 것'에 있다는 말을 실감하는 계기이기도 했습니다.

저는 세상을 향해 마음을 열고, 생각을 익히고, 솔직하게 자신을 드러내는 것이 시라고 생각합니다. 철없는 한탄과 분노, 부끄러움도 시가 되는 것을 알았다면 제가 발전한 걸까요? 성장하는 것일까요?

제 시를 읽고 딱 한 분이라도 미소 짓고 고개를 끄덕이면 다행입니다. 절망에 빠진 누군가가 '나도 글을 써봐야겠다'라고 마음먹는다면 대성공입니다.

이 시집을 엮는데 애써주신 모든 분께 진심으로 감사드립니다.

2024. 11월. 군포의 햇볕 잘 드는 책상 앞에서.

김영관

아름다운 시인이라 말하는 것은

아름다운 청년 영관 씨!

먼저 두 번째 시집 발간을 축하합니다. 오늘 아침은 어제보다 가을이 조금 더 깊었네요. 영관 씨의 가을도 그렇겠지요. 겨울에서 봄이 오고 여름을 지나 가을을 맞으며 지나간 시간은 성장의 시간이었어요. 우리가 만난 후 영관 씨에 대해 생각한 적이 있어요. 스스로 세상이 아프고 힘들고 작아 보여도 영관 씨를 바라보는 사람들 눈에는 그지없이 아름다운 사람이란 것을.

세상을 향해 영관 씨 스스로 굳이 장애를 말하지 않아도 사람들에게 장애는 보이지요. 그리고 "나는 시인이오"라고 외치지 않아도 영관 씨는 시인입니다.

두 번째 시집을 준비하면서 무엇을 느끼고 생각하는지요?

세상이 조금 넓어지고 자신도 모르는 자신을 발견하는 과정이 되었을지도 모르겠어요. 영관 씨가 쓴 시 한 편에는 영관 씨의 일상의 삶이 있고 시구詩句마다 순간순간 남과 다른 선택의 갈림길에서 일어나는 고뇌가 담겨 있어요. 소리 나는 대로 써간 단어 하나에는 스스로 어찌 못하는 내면이 있기도 합니다.

시를 읽는 누군가는 시인 영관 씨를 직접 보지 않고도 영관 씨를 만나게 될 거예요. 편편이 읽어가며 영관 씨와 대화하게 되겠지요. 우리가 아름다운 시인이라 말하는 것은 느린 듯 멈춤 없이 가는 영관 씨의 하루가 아름다운 오늘이기 때문입니다.

  때때로 우리는 나만 나를 까맣게 모르고 있기도 합니다. 이번 시집 발간을 통해 자신의 꿈과 가능성을 볼 수 있기를 기원합니다. 아주 낮은 곳에서 높은 곳으로 비상을 다시 한번 또 다시 한번 하기 바랍니다.

  2024년 깊어가는 가을에
  보리수아래 대표 최명숙

시를 읽고 나를 깨우칩니다

이 짧은 추천사를 쓰기 위해 사흘을 보냈습니다. 내 안에서 마구 터져 나오는 어쭙잖은 감상의 언어들로는 무엇 하나 제대로 표현할 길이 없었습니다.

첫날은 와락 눈물이 났습니다. 시 안에서 감추고 싶었던 나를 발견한 까닭입니다.

> 항상 겁에 질려 살면서도 고치지 못하는 멍청이 겁
> 쟁이랍니다
>
> > – 나는 겁쟁이랍니다 –

둘째 날은 마음이 한결 맑아졌습니다. 나도 시인과 같은 꿈을 꾸게 되었기 때문입니다.

> 나는 느림보
> 언제나 매우 느리지만
> 장소를 가리지 않고 최선을 다해
> 느릿느릿 달리고 있다
> 항상 누구보다 빨리 달릴 수가 있음을 꿈꾸며
>
> > –느림보 달린다–

셋째 날은 슬그머니 웃음이 났습니다.

세뱃돈 받는 즐거움은 어제 세뱃돈 얼마 줘야 하나
고민하는 오늘

                           − 설 −

그리고 지금 이 순간, 감히 시인과 고뇌를 함께 합니다.

나한테는 없는
나를
답을
찾을 수 있을까

                           − 없다 −

모처럼 시 읽는 기쁨을 알게 해준 김영관 시인께 감사드
럽니다.

                    신영란(작가, 『엄마는 생일이 언제였을까』
                               『여성독립군열전』)

차
례

1부　나는 겁쟁이랍니다

2부 사람 냄새

3부 새로 시작

4부 —인간 영관 사용법—

1부 나는 겁쟁이랍니다

굼벵이

굼벵이 뛰어봐라 답답해 속터진다
이리로 뛰어봐라 저리로 뛰어봐라
굼벵이 말 좀 해라 뭐라고 하는 건데
바 해봐 따라 해봐
보 해봐 따라 해봐

한숨만 깊어지고 가슴에 눈물만이
마음은 눈물 칼날 날 세워 찔러오네
끝없는 끝 안 나는 이 길에 홀로 서서
뻘쭘히 이리저리로 눈알만 왔다 갔다

나 또한 뛰어보자 열심히 바둥바둥
언젠가 끝나리라 내달림 멈추리라
오늘도 기진맥진해 잠결에 웃음 짓네

그날에

까만밤 사이사이 가득한 빗줄기로
한없이 쏟아붓고 그사이 포장마차
남자 셋 그 좁은 곳 들어가 모여앉아
한잔 술 부딪치며 뭐 그리 즐거운지

비 사이 새어드는 요란한 웃음소리
따뜻한 우동국물 매콤한 닭껍질에
어느새 모여드는 현란한 젓가락질
이 자리 세 사람은 오늘도 즐거웁네

세 사람 늘그렇듯 이유는 가지가지
그날에 그 자리에서 늘 새로워 고맙네

기억이라는 거 무섭다

왜 잘 생각도 안 나다
무슨 일만 있으면

나도 할 수 있다고
사고 전과 다름을

인정하길 부정하고

나만 힘들면 끝날 일을

주위 힘들게
모두를 힘들게

정말 지금의 내가
전의 나와 같아
할 수 있다고 믿고 있는 건지

가끔 되묻고는 한다

왜 그리 서두르냐고
뭐… 뭐가 그리
초초하고
불안해서

가슴 깊이 박혀있는 어린 나를
못 놓아주고

지금의 나를
못 꺼내느냐고

언제까지 같이 걸을 거냐고

몇 번이고
몇십 번이고
되물으며

오늘도 가느다란 줄에 매달려 힘쓰고 있다

꿈은

꿈꿨다
주방에서 요리하는 내 모습을

꿈꿨다
사랑하는 여자와 달콤한 날들을

꿈꿨다
내 아이들과 즐거운 소풍을

꿈꿨다
내 가게에서 저녁 장사 끝내고
따뜻하게 데운 사케 한잔의 휴식을

꿈꾼다.
다시 예전 꿈들을 꿀 수가 있기를…

무너진 현실 앞에
새로운 꿈으로
나를 달래본다

꿈은 꿈이라고
가슴에 사무친다.

끝없는 망상

어제도 오늘도
나는 두렵다
항상 내가
그리고 나 아닌 다른 누군가가
아니
그 무엇인가가

머릿속에 항상
가슴속 깊이
뿌리 깊게 박혀서
나의 편안함을
보고 있지 못한다

항상 나를 괴롭히는 끝없는 망상

항상 망상의 끝은
말로 설명이 안 될 정도로
처참하지만

언제나 그러하듯
다시 처음으로 돌아온다
늘 겪어 오던 공포는
점점 쌓여가며

나는 모르게 새어 나오는 한마디
죽여주세요…

나는 겁쟁이랍니다

과거에도
현재에도
미래에도

나는 겁쟁이였고
　　겁쟁이고
　　겁쟁이일겁니다

과거에는
머리에서는 답이 나왔어도
급한 성격에
입에서 험한 말이 먼저 나가고

현재에는
머리로도
입으로도
극과 극을 먼저 생각하고

미래에도

크게 바뀔 것 같지 않아
항상
무서운 나는 겁쟁이랍니다

가족이 무섭고
친구들이 무섭고
도움 주신 모든 분이 무섭고

내 거듭된 말실수로
견디다 견디다
지쳐

나와
거리를 두며
멀어질까 봐

항상 겁에 질려 살면서도
고치지 못하는
멍청이 겁쟁이랍니다

나는 나

언제부터인가
나를 잃어가고
나를 다른 나로 만들어가고
나를 모두가 보기 좋게

짜인 틀 속에서만 움직이게 하고 있다

틀을 짠 사람들은 한목소리로
다그친다.
그게 맞는 거라고
그게 정답이라고

나는 그 다그침에 따라가고

너무도 자연스럽게
길들어가고

그 길이 정답이라고 믿고 따르며
나를 옥죄인다

어떤 틀도 정답은 없는 것 같은데

다시 한번
또 다시 한번
발버둥쳐본다

나는 나라고
내 틀에서 자유로이
달려보련다고

나는 나인 걸 인정 시키기 위해
더없이 무거운 가방을 메고

오늘도 눈물로 만들어진
웃는 얼굴이라는 가면을 쓰고

흘러내리는 눈물에
젖은 무거운 갑옷을 입고

어제도 오늘도 내일도
언제 끝날지 모르는 달리기 중이다
오로지 나는 나 되기 위해

나에게 몽골은요

부드러운 미소
나지막한 목소리
느릿한 행동

이 모든 것들이
너무나 자연스러운
느긋이 천천히 가도
다 맞아들어가는 곳

급한 성격
빠른 말투
성급한 행동이

나에게는 너무도 익숙한데
나와는 정반대의
그런 곳

활짝 웃는 그 웃음에 진심이

말은 안 통해도
먼저 손을 내밀어 주는 곳
먼저 다가와 미소로
편안함을 주는 곳

먼저 내밀어 주는 손에
부담감이나
어색함이

전혀 느껴지지 않았던
나라

몽골

다시 한번 가 보고 싶은
다시 한번 가서
나도 마음의 여유를 배워보고 싶은
그런 나라

나 처음

나 처음 교통사고 하늘의 문턱까지
올라가 퇴짜 맞고 내려와 깨어나니
세상은 지금 순간 나에게 딴 세상이
아직도 어린아이 눈에는 눈물만이

나 처음 겪어보는 내 마음 내 팔다리
내 것은 확실한데 내 말을 듣지 않네
분명히 내 것인데 정말로 내 것인데
말을 생각 않고 듣는 척하고 있네

나 처음 내가 원치 않았던 그런 일들
처음이 끝나지 않을 불길함이 끝없네

난 왜

난 왜··

난 왜···

난 왜··왜··왜···

남들과 다를까···

걸음걸이 하나부터···

소리 내는 거 하나부터···

생각하는 거 하나부터···

모··· 뭐 하나 비슷한 게 없네···

난 왜···

이 당연한 답에

똑같은 질문을
수천 번 되물으며

내가

언제부터인가

점점 내 이름에
설명이 거창하게

내 생각으로는
많이 창피하게
더해지기 시작했다

말이 어눌하니 답답함을
글로 적었을 뿐인데

그 글들이
보리수아래라는
날개를 달고

살면서 생각지도 못했던
아니 하지 않았던
시인이라는 이름표를

걸고 날기 시작했다

아직은
아주 낮은 곳에서
높은 곳으로 날기 위해

많이 많이 모자란
내가

좀 더 높은 곳에서 날아보고 싶고
좀 더 많은 곳을 보고 싶어 하며
좀 더 많은 경험을 해보고 싶어 하기에

더 많은 것들을
욕심내기 시작했다

아직은
아주 작고 내세울 덧없는
내가

아직은
많이 모자란
내가

이런 내가 날아보련다

아직은
왜소한 날개지만

날갯짓도
더 빠르게 더 자주

더 높이 높이
저 높은 곳을 향하여
힘내본다·

힘들지 않은 것처럼
힘들어 본 것 없는 거처럼

내 책상

늘 그러하듯
새벽 눈 뜨라 책상의 핸드폰 알람이 날 재촉하고
알람 끄고 나면 책상의 날 쳐다보며 챙겨 먹으라고
재촉하는 영양제들

날 챙겨주는 친구
일할 수가 있게 자리를 마련해주고
틈틈이 간식 챙겨 먹으라고 간식 올려주는

책 보기 싫어하는 내게
여러 권의 시집과 수필집을 추천해주고

나 청소 좀 해달라고 은근히 깔끔한 체하며
까칠한 내 책상

앉아서 볼따구 맞대고 있으면
시원하고 마냥 편안한

앉았다 일어났다가 힘든 내게

허리 숙여 넓은 등을 내주며

너 하고 싶은 거 다 해보라며
든든하게 버텨주는

늘 같은 위치
늘 같은 자세로
든든하게 기다려주는

날 기다려주는 내 책상

녹색 세상

흙회색 다리 사이 보이는 녹색 세상
자연의 푸르름에 다리는 회색 액자
그 사이 맑은 물로 냇가가 흐르는 곳

빨간색 산책길로 열심히 뛰어다니는
사람들 하나하나 생동감 넘쳐나고
함께 해 강아지들 킁킁킁 냄새 맡고

이 길 위 아름다움에 오늘도 즐거웁네

울어라 목 놓아 짖어라

후비고 후벼파서 가슴은 큰 구멍이
아픔은 이젠 없고 못 느껴 계속 파네
내 입에 나를 향한 커다란 삽자루가
내 얼굴 철갑 두르고 목 놓아 짖어대네

내게는 더 이상 없네 활활 타는 가슴이
악에 받쳐 소리쳐 나를 버리고

울어라 목 놓아 짖어라
숨 멎을 때까지

인간관계

살면서
제일 어려운

아무리 생각해도
정답이 없는

아주 조그만
실수에도

이번 생은
마지막일지도 모르는

어렵습니다.

하지만
혼자 살 수 없는 이 세상

2부 사람 냄새

눈물이 나

술 한잔했어요.

그냥 눈물이 쪼르륵…

흘러내리네요.

수만 가지

기쁨, 슬픔, 화남, 답답함.
말로 표현 못 하는 그.

많은 감정이

끝없는 눈물에
모두 흘러 내려가네요.

술 한잔했어요.

눈부신

끝없는 찬란함에 눈부신 반짝임에
오늘도 이튿날도 다다음 날에 가도
빛남을 계속 보며 그 빛을 따라가고
점점 더 가까워짐에 내 눈에 빛이 담겨

내 눈은 가득 빛 품은 꼬리긴 별이 되네

느림보 달린다

느릿느릿
나는 느릿느릿 달리고 있다

최선을 다해
이마에 땀 맺힐 만큼
겉옷이 땀에 다 젖을 만큼

나는
어제도
오늘도
내일도

나는 느림보
언제나 매우 느리지만
장소를 가리지 않고 최선을 다해
느릿느릿 달리고 있다

항상 누구보다 빨리 달릴 수가 있음을 꿈꾸며

늘

늘 그러하듯
머릿속은 정글 같고

늘 그러하듯
눈앞은 깜깜하니 보이지 않고

늘 그러하듯
입에서는 날이 선 칼날들이

늘 나도 모르게
신세 한탄만

늘, 늘…늘
이렇게

나 자신을 깎아 먹는 줄도
모르고 늘…

닭대가리

나는야 닭대가리 방금 전 뭐 했더라
지금은 뭐하는지 어느새 나 몰라라
나는야 자랑스런 빛나는 닭대가리
무엇이 무엇인지를 아직도 헤메이네

무섭게 잊어먹고 무섭게 충동적인
다행히 지금 당장 전날 일은 생각 못해
해맑게 웃고 있는 나는야 천하무적
찬란히 빛나고 있는 나는야 닭대가리

점점 더 늘어가네! 날 향한 칼끝들이
칼끝에 반짝거림에 오늘도 신이 났네
오늘도 미쳐 날뛰는 유아독존 닭대가리

따스함

점점 따스함이 사라지고
점점 차가움이 다가오는

여름이 가고
겨울이오

마음속 따스함은
어느새
날이 선 얼음 칼이 되고

점점 더
날이 선 얼음 칼은
가슴을 찔러오는구나

마음에 상처만 남기는구나

마음속 아직 남아 있는
따스한 작은 불씨가

점점 작아지는구나!
점점 얼어가는구나!
점점 차가워지는구나

나의 따스함은 꺼져가는구나!

때때로

때때로 나는
때때로 너는
때때로 우리는

그때 나는
그때 너는
그때 우리는

지금 나는
지금 너는
지금 우리는

똑같은 나, 너, 우리인데

때때로, 그때, 지금
모습은 각각 다르고

생각이 다르고
행동이 다르고

똑같게
똑같을 수가 있는 게 없는데

모두 행복하길 바라네
서로 다른 기준을 가고 있어도

목적은 똑같네! 행복
행복합시다

만해마을

계곡은 물이 콸콸 넘어가 숲이 풍성
풍성한 숲 가운데 보이는 전등 하나
베란다 난간 사이 떨어진 아침 이슬
알람이 계곡소리 뭐든 다 씻겨내려

조금의 분주함도 시끄런 재촉함도
한 곳도 한 무리도 아무리 둘러봐도
조금도 찾지 못해 시간이 멈춘 듯한

각자의 여유로움 이곳은 무릉도원
청정한 지상낙원인 이곳은 만해마을

무너지지

깊고 깊은 웅덩이
빠져도 빠져도 끝은 보이지 않고
발 딛어지지 않는
깊고 깊은 웅덩이

정신을 차려 허우적대다 보니
손에 잡히는 작대기 하나

답답함에 땅에 적어 나가는
글자에 몇 개가
어느새 글자들이
점점 쌓여
세상 밖 밝은 곳으로 올려주네

무너지지
무너지지 않는
무너질 수 없는
단단한 탑이 되어

넓은 세상을 보여주며
넓게 보라구
밝게 보라구
단단해지라구

일어서서 보라구

글자들이 모여 보여주는
끝이 아니라고
끝은 없다고
끝나지 않는다고

글자탑 무너지지 않는다고
힘내서 적어보라구
쌓아보라구

민폐

나만 모르네
나만 까맣게 모르고 있었네

아니

모르는 척하고 있었네

그렇지 않겠지
나 자신을 보호하며
사실임을 인정 못 하고 있었네

내가 하는 행동 하나하나가
내가 말하는 하나하나가

내 가족들에게
그 누군가에게
그 어떤 모임의 어떤 이들에게

눈살 찌푸리게

마음 아프게
화가 차오르게

민폐 덩어리가 나였음을
나는 나 스스로
아니라구 부정하며

오늘도 저 깊숙이
땅을 파고 있네

창피함을
못남을
어리석음을

숨기고 있네
꽁꽁…

비가 오는 오늘

물이
하늘에서
쏟아지고 있네요

누군가
실수로 들이붓고
있나 봐요

비가 오면
쉼이 시작되네요

아등바등
바쁘게 살던 날들이
비 앞에서는
잠시 멈춤

조금 쉬었다 가라네요

몸을 다 가려줄 큰 우산도

양말 안 젖는 방수 신발도

제가
들고
신으면
실력 발휘를 못 하네요

어느새

축축함이 촉촉함으로
찝찝함이 시원함으로

우산 들고 낑낑대던 팔이
자유로움에 비 사이를 휘 획 저으면

우산이라는 굴레를 던져버리고

나는
오늘 정신을 놓아보네요

눈에서는
비인지
눈물인지

입은 어이없는 미소를 띠어가며

사람 냄새

그립다
그리워진다.

사람 냄새

어떤 사람의 숨소리
또 어떤 사람의 목소리.

그 사람의 온기
그 사람의 웃음소리
그 사람의 입술.

이 모든 것들이
이제는 다시 못 올 것 같아
아주 그립다.

사십 살

언제 이리 먹었는지
더럽게도 많이 먹었다.

눈 깜짝할 새
한번 크게 넘어지고
다시 일어나보려 안간힘 쓰며
발버둥을 쳐 일어서기 성공하는데
어느덧 10년.

일어나려고 발버둥치다 보았더니
정말…정말 일어서기만 했네
일어서 전봇대처럼 서 있기만
서 있기만 하네
그게 다네.

움직여 보려
밖으로 나가보려
돈 좀 벌어 보려

한번 더 힘내
발버둥치고 보니
어느덧 20년.

눈 깜짝할 새 지옥 같던
시간이 지나갔네.

편한 마음으로 울지도
소리를 질러 보지도
못하고

그냥 그렇게
정말 그렇게

흘러가네
이제 사십 살이네.

사십 살…

살려주세요

나 좀

나 좀 제발

제발 살려주세요

집 나간 머리 덕에

마음으로
입으로
몸으로 한
실수들이

나도 모르는 실수들이
나를 점점 목 죄어오네요

머릿속이
마음속이

편안한 걸 못 보네요
가만히 두지를 않네요

무섭고 무섭고 무섭네요
내가
어떤 식으로
미칠지…

살려주세요……
이 한마디 못 해 보고…

새것

이것이 내 것인가 저것이 내 것인가
내 것은 새것인가 네 것이 새것인가
어떤 게 새것인가 어떤 게 헌것인가
그 물음 누가 정해 그 기준 누가 정해

복잡한 물음 속에 한번에 명확하게
답 내려 속 뚫어줄 사람은 어디 있나
그 사람 내 사람인가 그 사람 네 사람인가

이 세상 끝까지 가면 다시금 새것 되나

걸어보네

나는요 나란 사람 머리에 든 건 없고
장애를 핑계로 삼아 주둥이 나불나불
주위에 착한 사람 못 견뎌 떠나가네
분명히 진심 아닌데 왜 자꾸 달리 구네

나는요 나이 사십 하는 짓 갓난아이
주위에 사람 없음 모른 척 지내보네
모른 척하는 건지 정말로 모르는지
이놈의 붕어머리로 또 잊고 떠들어대

나는요 끝 보이는 이 길을 터벅터벅
미쳐서 걸어보네 미쳐서 걸어가네
미친듯 미쳐보이는 외톨이 걸어보네

그 기자의 발자국

터벅터벅

당당한 그 기자의 발걸음

기자 뒤로 따라오는 그 기자의 발자국

얼마나 많이 걸어오신 걸까…
얼마나 많은 사람들을 만나셨던 걸까··
얼마나 많은 희로애락을 겪어 오신 걸까…

점점 느려지는

발걸음 뒤에

발자국이
많은 이야기를 해주네

점점 닳고 닳아
몇 번째일지 모르는

그 기자 신발의
발자국이
그 모양새가
많은 이야기 해주네

바쁘게 살았다고
부끄럽지 않게 살았다고
멋지게 살았다고
이름 석 자 남길 수 있게 살았다고
느낄 수가 있게 해주네

그 기자의 발자국

감사합니다.

나는 없다

여기로 끌려오고 저기로 끌려가고
이것이 정답이고 저것이 정답이네
이리로 쫓아오고 저리로 쫓아가고
이쪽은 나는 없고 저쪽도 나는 없네

어디도 나는 없고 어디도 나는 없네
눈물도 나오지 않는 한심한 인간이네
이대로 앞으로 얼마나 한심하게
망가져 끝 모르는 곳 사라져 나는 없네

내 그릇

내 그릇 그 크기가 정해져 있었는데
모른 체 계속 담고 담아서 넘쳐나네
그릇은 아주 작아 더는 못 담는데
무언지 망할 자신감 그릇에 금이 가네

가는 실금들이 점점 더 커지고
그 금들 점점 모여 깨질 것 같아 오네
언제쯤 깨져버려도 하나도 안 이상해

언제나 불안에 떨며 땅 깊이 파고드네

내 주둥이 무섭다

어떤 말 어떤 행동 어떤 글 기억 못 해
무섭다 소름 돋게 어둡다 막막하다
나라는 돌연변이는 점점 더 미쳐가네

점점 더 내 행동에 감정이 날카롭게
점점 더 내 언어에 칼날이 시퍼렇게
끝없는 못 돌아올 길 뒤 없이 달려가네

오른쪽 어깨에는 가벼운 주둥이와
다른 쪽 어깨에는 조잡한 손놀림이
내 양쪽 어깨에서는 언제나 짓눌린다.

늘 밤입니다

저에게 하루하루 매시간 순간순간
끝없는 어둠 속의 텅 빔이 허전하고
똑같이 돌아가는 그 길은
어둠속의 그 길은

변함없이 늘 깜깜한 밤입니다.

시간은 멈추어도
똑같이 걸어가고

걸어가고
걸어가도

저에게는 늘 밤입니다.

떡국

새해의 아침이면 하나둘 옹기종기
모두 다 모여앉아 세배를 하고나와
둥그런 나무상에 따뜻한 온돌바닥
맛스런 명절음식들 다 같이 나눠먹네

새해의 떡국이면 모두가 즐거웁고
따뜻한 한 그릇에 마음도 따뜻하네
그렇게 새해아침의 따뜻함 한 해 되네

새로 시작

인생길 고비고비 크나큰 회로애락
고생끝 피어나는 잊었던 여유로움
이제는 남은 길만 생각해 쉬어가네
조용히 주위 둘러봐 손 뻗어 잡아보네

힘들던 옛일들을 하나씩 뭉쳐보며
돌덩이 잘근잘근 부수어 날려보네
이제는 남은인생 생각해 털어내네
점점 더 가벼워지는 내 얼굴 내 마음속

이제야 가벼워진 마음속 돌아보며
즐거움 이야기하며 웃음 띤 나를 보네

새해 아침

두둥실 아침 해가 새해의 아침 해가
빛 가득 한가득히 눈에 부신 새해 아침
오늘도 희망 가득 꿈꾸며 나아가려
준비해 이제 시작해 출발해 달려가네

여지껏 차근차근 준비해 달려가네
넘어져 쓰러져도 다시금 일어나서
아무 일 없다는 듯이 또다시 달려가네

나는 나 포기 없는 끝없는 인생길에
행복한 새해 아침에 또다시 달려보네

설

까치설은 어제
우리 설은 오늘

세뱃돈 받는 즐거움은 어제
세뱃돈 얼마 줘야 하나 고민하는 오늘

세뱃돈에 맞난 음식 배부름에 방긋
웃던 어제
세뱃돈 준비에 명절 음식 준비에
바쁜 오늘

어제, 오늘 다 같은 설
세뱃돈으로
나이를
추억을
세월을

내일로 나갈 수가 있는
지혜를

휴식을
재정돈할 시간을 받았네

감사합니다

새해 복 많이 받으세요

식목일

4월 5일
식목일

제 마음속에
자그마한 나무 심습니다

어릴 적 심었던 나무는
이미 꺾이고 부러져
바닥에 널브러져
있습니다

다시 한번
그 나무를 거름 삼아
나무를 심습니다

아직은 어린나무지만
그래서 그늘 이렇게 없지만

더 튼튼하게 잘 가꾸어

높이 멀리 뻗은 튼튼한
가지와

넓고 풍성한 잎으로

더없이 시원하고 아득한 그늘을
만들어

누구나 편안히 쉬었다
갈 수 있는 나무로 가꾸려 합니다

많이 지쳐 보이는
너 좀 쉬다 가라고

쓰다

요즘 들어
아니
언제부터인가

글이 안 써진다

쓰는 글마다 무엇인지 모르게
왜인지 모르게 억지스럽고
글이 메말라 딱딱하다
메말라 갈라진 땅덩어리처럼
갈라져 조각이나

날이 선 칼날처럼 날카로워져
가슴에 와닿으며 상처가 생긴다
아프다

가슴에 아물지 못하는
깊은 상처가
하나둘 늘어간다.

글을 쓰는 게 무서워진다.

점점 깊게 들어와 숨이 가쁘다
이러려고
이러려고
시작한 게 아니었는데
또 하나의 나를 잃어간다

가슴에 박힌 칼날은
다시 가슴 깊은 곳을 찌르고
들어가고 있다

가슴은 오늘도 깊은 상처 때문에
소리치며 마른 눈물을 흘린다

아푸다고
나도 많이 아푸다고
아푸다고

아름다움

색색이 알록달록 거리의 아름다움
세상의 사방천지 색색이 아름다움
보이는 모습만큼 내면도 아름다움
두 모습 항상 같음이 오늘도 아름다움

거짓됨 하나 없이 깨끗한 맑음 속에
투명한 유리같은 마음속 아름다움
이 맑음 깨끗한 곳이 내 마음 청정낙원

아버지 아버지 나의 아버지

사람들 넘쳐나는 동물원 비집고 가
한없이 높고 넓은 아버지 어깨 위로
내 다리 올려놓고 머리 뒤 목말 태워
더 좋은 넓은 세상을 보여준 내 아버지

한없이 높고 넓던 아버지 두 어깨는
이제는 나와 함께 세월을 업으셨네
많은 일 웃고 울고 더없이 모진 세월
그 세월 무거운 짐 짊어진 내 아버지

얼마나 힘드실까 얼마나 아프실까
이놈두 어깨 한켠 짐 되어 업혀있네
한없이 존경합니다 아버지 내 아버지

아버지 이 넓은 세상 한분이신 나의 아버지

어김없는 하루

오늘도 어김없이 내일도 그러하듯
매일이 꼬박꼬박 매시간 순간순간
하나의 생각으로 미친 듯 날뛰어도
아마도 같은 곳에서 똑같이 돌고 있네

같은 글 같은 내용 똑같은 글자인데
똑같은 내용인데 몇십 번 고쳐봐도
끝없음 똑같음을 혼자만 모르고는
오늘도 허우적대며 혼자만 지쳐가네

이 길은 끝이 있나 생각에 되물으며
끝없음 알면서도 나 혼자 포기 못해
끝끝내 발버둥치며 나 혼자만 신났네

어디까지

사실은 어디까지 사실은 언제부터
뱅뱅뱅 뒤죽박죽 머리 안 쳇바퀴 속
끝없는 지옥이네 오늘도 속은 울렁
한없는 어지러움이 가만히 못 있겠네

머릿속 울려대는 찢어진 종소리가
나는 더 미쳐가고 나 점점 미친 짓만
이 길 끝 뭐가 있나 미쳐서 칼춤 추는
나란 놈 또렷해지고 눈에서 피눈물이

이 지옥 언제쯤 끝나 시원히 벗어나나…

어릴적 살던

비비탄총 들고 뛰어 도망가자
총 맞으면 아푸다

깡총깡총 선 밟지 않게 조심조심
뛰어 돌 던져보자 조~기 내땅

전봇대에서 눈 가리고 소리친다
무궁화 꽃이 피었습니다

돌담, 돌 틈 사이로 아슬아슬 하게 매달려
하천으로 내려가자 나는야 닌자거북이

생각난다 어릴적
눈치보는 것이 없던 그때가

그 동네⋯ 그 천⋯
지금은 개발로 천 중간으로 고가도로가

옛적 그 넓어보이던 천이

사람들의 여가를 위한 운동기구와
조깅을 위한 길로
빽빽이

그립다 옛적 조금은 탁했지만
생각없이 뛰어놀던

한없이 넓어 보이던 그곳이
마냥
재미있어 아무 걱정없이
하하호호 뛰어다니던
그때가

그때가 눈물나도록
그립다

어쩌라구

어제는 어쨌는데 오늘은 어쩌라구
내일은 어쩔껀데 매일이 상상이상
어디로 튈지 모를 이놈의 정신머리

오늘이 다름이고 내일도 다름이니
똑같음 하나 없이 매일이 다름이니
새로움 하나하나 신기함 끝두없이

미쳐서 날뛰고 있는 나란놈 어쩌라구

4부 -인간 영관사용법-

언어장애를 가진 어느 장애인의 발버둥

벗어나야 해…벗어나야 해…
주위의
안타까운 시선에서
벗어나야 해

가까운 사람들부터
항상 목소리톤이 바뀌며
더듬거리면

쟤 또 제정신 아니다
가엽게 보거나 미친 인간 보듯 한다

내가 하는 말은 하나도 알아듣지 못했으면서
다 이해한다고 니 말도 일리가 있다고
우리는 이해한다고

그래놓고 자기들끼리 수근덕거린다
쟤 또 저렇다고…

나는 내 의견을 좀 들어보라고
발버둥치는 것뿐인데
오늘도 그 전과 같이

똑같은 그렇고 그런 인간이 되어간다.
내 발버둥은 오늘도 계속돼 가고 있다

정신나간 놈이라는 무거운 가면이 씌워진 채로
혼자 알아듣지 못할 말들로
가면 속에서 메아리친다.
내가 말하는 나의 속내 좀 알아줬으면

어제도‥
오늘도‥
내일도…
나 살기 위한 발버둥은 계속 되어가고 있다

귀와 입은

귀로는 뭐든 듣고 입으로 걸러 말해
귀로는 뭐든 믿고 입으로 걸러 먹고
사실은 뭐든 걸러 거짓을 진실처럼
입으로 떠들어대 내 입속 똥 구린내

머릿속 뒤엉켜진 기억의 사슬 속에
진실이 어디 있나 어디쯤 박혀있나
아무리 정신 차려 집중해 찾아봐도
있을 턱없어 뵈고 오늘도 혼자 삽질

언제쯤 나의 귀와 언제쯤 나의 입은
함께해 나의 진실함 소리내 말해볼까

없다

나는 참 많다

답없는 질문이
끝없는 발버둥이
한없는 자책이

나는 참 없다

내가 내게 묻는 질문에 답이
내가 앞으로 걸어가야 하는 길에 답이
얼마나 얼마나 얼마나

더 가야만
더 넘어져봐야만
더 눈물 흘려봐야만

나한테는 없는
나를
답을

찾을 수 있을까

오늘도
답없는 무엇엔가에
끝없이
되물어본다

여긴 어디

누군가 손짓해서 나란놈 따라가면
자신과 다르다고 그곳에 두고가고
나란놈 사람들을 너무도 좋아해서
또다시 믿고 믿어서 기다림 계속되고

다시금 주위보니 사방이 비어있고
내주위 하나둘씩 떠나가 사람없네
어떤게 문제인가 나혼자 모름이고
나지금 여긴 어디지 길잃고 헤매이네

나 선 곳 텅 빈 공간에 아무도 안 보이네

옛 그길

졸졸졸 흘러가는 시꺼먼 냇가옆에
여럿이 모여앉아 무수한 이야기들
아이들 물장구에 어른들 술판한상
아이들 요란스런 물장구 끝이없네

시냇물 속으로도 보이는 쓰레기들
오늘도 시끌벅적 아이들 물장구에
흙탕물 사이사이 떠올라 떠다니네
그때는 못느꼈네 그것이 더럽다고

이제는 다리놓여 반나눈 옛냇가에
맑아진 냇가물과 그사이 딱딱한길
하늘빛 덮어버린 높아진 아파트에
커다란 흙회색빛 시끄런 고가대로

옛 그 길 자연스럽게 추억 길 돼버린 길

– 인간 영관 사용법 –

머리 다친 이후로…

다 알아도 되는 거 아니면

저에게 말해 주지 마세요…

저에게 비밀이란 없습니다…

지키려고 노력한다고
지켜지는 게 아니더라구요…

모든 말과 행동에는 머리로 생각할 시간이 남들
보다는 더 많이 필요합니다

급하거나 당황하면 입에서 욕이 나오는 상황이
자주 일어났습니다.

그리고 겁이 많습니다
맞으면 아플까 겁먹는 거 보다는

순간 내가 정신줄을 놓아 미쳐버릴까 봐

겁을 많이 먹고 숨어들어갑니다

순간 감정변화가 심해
제가 하는 말이나 행동은

진심은 아니니
너무 상처받지 마시구요

인정 안 함

점점
움직임의
더딤이
둔함이
정확하지 못함이

전과 같은 운동량은 반을
못 따라가고

점점
몸이 나이먹어감을

피곤해서
힘들어서
그렇다구

내가 내게
핑계를 대가며

지금의 내 자신을 인정 못 하네
인정을 안 하네

점점 몸이 낡아서
닳고 달아

움직임이
멈추어가고 있다는 걸

이제는 몸의 시간을
늦추지 못한다는 것을

인정 안 하네
인정 못 하네

얼마나 더 움직여 주려나

일인삼색

파랑
글을 쓰는 바다 같은 나
잔잔히 흐르다
잔잔히 평화로움을 즐거움의 글로
격하게 출렁이며 파도침을 글로

빨강
사람들과 마주하며 함께하는 나
옛 생각에 착각하며 할 수 있다고 나서는 나
결과보다는 함께하는 시간이, 사람이,
소중하다고 생각하는 나

검정
목소리만 듣고 흥분하면 똥보다 못한 나
그냥 죽여달라구 짖어대며
고마운 사람들을 물어뜯는 똥보다 못한 나
어둡다 깜깜하다 작은 티끌조차 안 보인다

내 어둠은 왜 빛이 없지…

잔소리

무엇일까요

가끔씩 가슴이 아려오는
두 손발이 시리도록 차가운

온몸이 얼어버릴 것 같은
이 외로움은

가족들로도
친구들로도
내 스스로도

채워지지 않는
채우지 못하는

그 순간순간 생각나는

옆에서 투덜거리며
시끄럽게 잔소리하는

항상 니탓이야! 하며
나에게 돌리며

본인이 해결해주겠다며
재잘거리던

한 여인의 잔소리

어려운 일은 항상 나를 보며
당연한 듯 니가 해야지라는

사랑스러운 표정으로
나를 바라보는…

생각만으로도
눈에 눈물로 차오르는

잔소리가 그리워지네요
다시 듣고 싶어지네요

평생 들으며 살고 싶어지네요

저에게 보리수아래는요

다치고 장애를 퇴원선물로 받고
술에 취해 살다 절로 들어가
잠깐 치료를 핑계 삼아 숨어살고

범종스님 만나 정신차리고
내려와 치료받구 일 시작하고

처음으로 나에게 다가와준,
나를 기다려준 보리수아래^-^

나에게 요리하던 칼 잡던 손 말고
글을 쓰는 펜 잡는 손으로

힘낼 수 있게 같이 걸어주며
새로운 길로 함께해준

고마운 벗 보리수아래

적어보네요 남겨보네요

아픔의 시간들

잊어지면 안 되는
잊어질 수 없는 그런 시간들

누구의 아들들
누구의 딸들

누구의 누구의 가족들

한순간
정말 모두 한순간
지워지는 이름들

지울 수 없어
잊을 수 없어

다시
한 번 더

다시

찾아보려
적어 보네요
잊지 않으려
남겨 보네요

그곳에서
아픈 시간 모두 잊고

웃음꽃으로 만개하라고

처음…

하는 일 하나하나가

세상에 태어나는 것
세상에 빛을 보는 것
세상에 나와 숨쉬는 것
세상에 나와 우렁차게 우는 것

말을 배우고
글을 배우고
소통하는 법을 배우고

다른 사람과 만나는 법
다른 사람과 대화하는 법
다른 사람들과 어울리는 법

공부하는 법
공부하며 내 미래를 설계하는 법
미래를 위해 필요한 것들을
하나하나 준비하는 법

내 꿈을 위해 준비한 것들을
하나하나 쌓아가며
내 밥벌이를 하는 법
내 가족을 꾸리는 법
내 가족에게 웃음주는 법
내 가족 힘들게 하는 법
내 가족 슬프게 하는 법

사람 때문에
병 때문에
사고 때문에
아파도 보고

이렇게 처음 해보는 많은 법들이
어느새 자연스럽게 몸에 익어가고

어느덧 모든 일들에
몸도 마음도 모두 굳은살처럼
딱딱해질 때

모든 것들을
내려두고

처음으로
다시는 깨어나지 못하는
긴 잠을 잔다

처음 해보는 일들로 시작해서
처음 해보는 일로 마무리를 짓는다

처음과 처음으로…

철부지

아주 가끔은
그런 생각이 드네요

요리하며 이름 한번 날려보자!
꿈꿔왔던 것이 저~~밑으로 가라앉고 나니

다시 시 쓰며 이름 한번 날려보자라는
어이없는 허황된 꿈이…

노력한다고 되는 건
아닌 것 같은데

나이 마흔을 허투루 먹었네요

요리하겠다고
마음 다잡던
철없던 17세만 못하네요

나란 놈은 참 아직도 한참이네요

그냥 평범하게

그냥 평범하게
걷고 싶습니다

그냥 평범하게
말하고 싶습니다

그냥 평범하게
웃고 떠들고 싶습니다

그냥 평범하게

너무 쉽고
너무 단순해
보일지도 모르는
그냥 평범하게가

저에게는
가장 어렵고
가장 힘든 일이 되었습니다

세상에서
제일
어렵고
슬픈 지금에

어제도
오늘도
가슴에 멍이 하나씩 늘어갑니다

놓아지지 않는

놓아야 하는데.

내가 놓아줘야 하는데…

미련 맞게
혹시나 하는 마음에
잡아주는 말 한마디에 다시

움켜쥔다…

얼굴은 점점 두꺼워지고

마음은 점점 무거워지고

참 바보같다

오늘도 다시 꽉 움켜쥔다

해와 달은

어둠이 조금씩 빛의 자리를
조금씩 조금씩 차지하고 나설 쯤
멀리 보이는 저 지평선 너머
붉게 긴 여운을 남기며
해가 점점 바다 속으로
가라앉는다

또 다른 하늘에서는 조금씩
노란 빛을 키워가며
해야 잘 가라고 인사 나오듯
달이 점점 뜨고
노란 빛으로 어둠 속에서
나의 길을 밝혀 준다

바톤을 터치하듯
서로의 일을 하며
언제나 그렇듯 해와 달은 뜨고 진다

묵묵히 자기 자리를 굳건히 지키며

지고 뜨고
또 지고 뜨고

지고 뜨고

홀로서기

다치면서 못 했던 것들,
다치기 전에도 아직은 아닌 것 같아 못 했던 것들,
해보고 싶은 것들은 점점 많아지네요…

육체적인 건 도움받을 수 있는데‥
금전적인 것은 힘이 드네요‥

나이가 나이인지라 어디 손 내밀 곳도 없고
그동안 많이,
너무 많이 받아서
이제는 내가 죄송해서 싫고,
내가 버는 건 한정적이구

몸이 조금씩 나아질수록 욕심만 더 생기네요‥

처음에 시도만 해봤던
그냥 혼자 여기저기 다녀볼까라는 생각이‥‥

이제 조금 혼자 다닐 수 있는 있겠다라는

정신머리와 용기가 생겨서

고민하느라 머리 안 아파도 되고
여러 사람
육체적으로
정신적으로
힘들게 안 해도 되고

홀로서기

이제 조금씩은 이루어 나가야 할

제 인생의 마지막 과제 같네요

보리수아래 소개

장애인의 불교와 문화예술이 있는

"보리수아래"

보리수아래는 2005년에 봉화 청량사 회주 지현 스님의 제언으로 결성되어 불교와 문화예술에 관심있는 장애인들의 문화예술 활동을 지원하고 그들이 재능을 발휘할 수 있는 기회를 제공하고 있습니다. 또한 그들의 재능과 능력을 살려 참된 신앙생활과 바른 포교활동을 하고 이 사회의 일원으로 더불어 살아가도록 지원하고 있습니다.

주요 사업은 장애인의 예술창작과 발표 활동, 장애인의 문화예술교육 지원, 장애불자를 위한 포교활동 및 신행생활 지원, 재능을 기반으로 한 출판 지원, 장애인의 사회적 인식 개선 등 다양한 사업을 하고 있습니다.

현재 월1회 정기 모임을 매월 셋째 주 토요일에

갖고 있으며, 장애인인식개선 자료집 발간, 장애작
가들의 보리수아래 감성시집과 수필집, 아시아장애
인 공동 시집 발간 등 작품집 발간, 외국 사회복지시
설 견학 및 불교문화 순례. 문화예술 공연 등의 사업
을 진행하고 있습니다.

   불교와 장애인 문화예술 활동에 관심있는 분이면
장애와 비장애 구분없이 누구나 동참하실 수 있습니
다. 많은 분들의 관심과 후원이 필요합니다. 정기후
원, 일시후원, 물품후원, 재능기부, 자원봉사 등으로
후원하실 수 있습니다.

- ■후원 계좌: 하나은행 163-910009-28505 보리수아래
                  국민은행 841501-04-027667 보리수아래
- ■☎ 02) 959-2611
- ■이메일 cmsook1009@naver.com
- ■네이버카페: '보리수아래'
   (http://cafe.naver.com/borisu0708)